전우치전

도술의 귀재, 세상을 바꾸다

스푼북

전우치전

도술의 귀재, 세상을 바꾸다

작자 미상 ― 김을호 옮김

조선 초에 송경(松京)¹ 숭인문(崇仁門) 안에 한 선비가 있었다. 그의 이름은 성은 전(田)이요, 이름은 우치(禹治)라 하였다.

전우치는 일찍이 높은 스승을 좇아 신선의 도를 배웠는데, 본래 성품이 뛰어나게 훌륭하고 정성이 지극하므로 마침내 오묘한 이치를 통하고 신기한 재주를 얻었으니, 소리를 숨기고 자취를 감추는 데에는 가까이 노는 이도 알 리 없었다.

이때 남쪽 해안에 있는 여러 고을이 여러 해 동안 해적들에게 노략(擄掠)을 당하고 있었다. 거기에 엎친 데 덮친 격으로 무서운 흉년을 만나니 그곳 백성의 참혹한 형상은 이루 말할 수 없는 지경이었다.

그러나 조정에 벼슬하는 이들은 권세를 다투기에만 눈이 벌게져 백성의 질고(疾苦)는 모르는 듯 내버려 두고 있었다. 이에 뜻있는 이는 팔을 걷어붙이며 통분하였고, 우치 또한 참다못하여 그윽히 뜻을 결단하고 집을 버리며 세간을 헤치고 천하를 집으로 삼고 백성으로 하여금 몸을 삼으려 하였다.

---

1 송경 지금의 개성으로, 송경은 송악산 아래에 있는 서울이란 뜻이다.

하루는 몸을 변하여 선경에서 벼슬살이를 하는 신선이 되어, 머리에 쌍봉금관(雙鳳金冠)²을 쓰고 몸에 홍포(紅布)를 입고 허리에 백옥대(白玉帶)를 띠고 손에 옥홀(玉笏)을 쥐고 청의동자(靑衣童子)³ 한 쌍을 데리고 구름을 타고 안개를 헤치며 바로 대궐 위에 이르러 공중에 머물러 섰으니, 이때가 춘정월(春正月) 초이틀이었다.

상이 문무백관(文武百官)⁴의 진하(進賀)⁵를 받으시니, 문득 오색 채운(五色彩雲)이 만천(滿天)하고 향풍(香風)이 촉비(觸鼻)하더니⁶ 공중에서 말하여 가로되,

"국왕은 옥황(玉皇)의 칙지(勅旨)⁷를 받으라."

하거늘, 상이 놀라서 급히 백관을 거느리시고 전(殿)에 내리사 분향(焚香) 첨망(瞻望)하니⁸, 선관이 오운(五雲) 속에서 이르렀다.

"이제 옥제(玉帝)께서 세상에 태어나 어렵게 살다가 죽은

---

2 **쌍봉금관** 두 마리의 봉황을 새겨 넣은 금관.
3 **청의동자** 신선의 시중을 든다는 푸른 옷을 입은 사내아이.
4 **문무백관** 모든 문관과 무관.
5 **진하** 나라에 경사가 있을 때에 벼슬아치들이 조정에 모여 임금에게 축하를 올리던 일.
6 **촉비하다** 냄새가 코를 찌르다.
7 **칙지** 임금이 내린 명령.
8 **첨망하다** 높은 곳을 멀거니 바라다보다.

영혼을 위로하실 양으로 태화궁(泰和宮)을 짓기로 하셨으니, 인간 각 나라에서는 황금 들보 하나씩을 만들어 올리되, 길이가 5척이요, 너비는 7척이니 춘삼월 보름날에 올라가게 하라."

하고, 언글(言訖)에 하늘로 올라가거늘 상이 신기히 여기시며 전에 오르사 문무를 모아 의논하실새 간의대부(諫議大夫)가 여쭈옵길,

"이제 팔도(八道)에 반포하여 금을 모아 천명(天命)을 받듦이 옳으리이다."

상이 옳게 여기사 팔도에 금을 모아 바치라 하고, 공인(工人)을 불러 일변 금을 붉려 길이와 너비의 치수를 맞추어 지어 내니, 왕실 안의 금은 물론이요, 양반들이 집 안 깊숙한 곳에 숨겨 두었던 금까지 모두 거두어들였다. 하다못해 비녀에 올린 금까지 벗겨 바치도록 하니 상이 기꺼워하사 3일 재계(齋戒)하시고 그날을 기다려 포진하고 미리 갖추고 기다리시더라. 진시(辰時)⁹쯤 하여 상운(祥雲)이 대궐 안에 자욱하고 향

---

9 진시 오전 7시부터 9시까지이다.

내가 코를 찌르며 오문 속에 선관이 청의동자를 좌우에 세우고 구름에 싸였으니 그 형용이 극히 황홀하더라.

상이 백관을 거느리시고 고개를 숙여 엎드리시니, 그 선관이 전지(傳旨)[10]를 내려 가로되,

"고려 왕이 힘을 다하여 천명을 순종하니 정성이 지극한지라. 고려국이 우순풍조(雨順風調)하고[11] 국태민안(國泰民安)[12]하여 복조(福兆) 무량하리니 상천(上天)을 공경하여 덕을 닦고 지내라."

말을 마치며, 우편으로 쌍동제학을 타고 내려와 황금 들보를 가지고 채운(彩雲)에 싸여 남쪽 땅으로 가니, 무지개가 하늘에 뻗치고 비바람 소리가 진동하며 오색 채운이 각각 동서로 흩어지거늘, 상과 제신(諸臣)이 무수히 사례하고, 6궁(六宮) 비빈(妃嬪)이 땅에 엎디어 감히 우러러보지 못하였다.

이때, 우치는 그 들보를 가져다가 이 나라 안에서는 처치하기가 어려우니 그길로 구름을 멍에 삼아 서공 지방으로 향하

---

10 전지 승정원의 담당 승지를 통하여 전달되는 왕명서(王命書).
11 우순풍조하다 비가 알맞게 오고 바람이 고르게 분다는 뜻에서 나온 말로, 농사에 알맞게 기후가 순조롭다는 뜻이다.
12 국태민안 나라가 태평하고 백성이 살기가 편안함.

여, 들보 절반을 베어 헤쳐 팔아 쌀 10만 석을 사고 배를 마련하여 나눠 싣고 순풍을 타고 가져가 10만 빈호(貧戶)[13]에 고루 갈라 주고 당장 굶어 죽는 어려움을 건지고 이듬해의 농사지을 동안 먹을 양식과 종자로 쓰게 하였다. 백성들은 너무나 기쁜 나머지 손을 마주 잡고 하늘과 같은 큰 덕을 칭송했다. 하지만 관장(官長)들은 기가 막히고 어리둥절하여 어찌 된 곡절인지를 몰라 하였다.

우치는 이러한 뒤에 한 장의 방(榜)을 써서 동구(洞口)에 붙였다.

이번에 곡식을 나누어 준 일로 혹 나를 칭송하는 것은 마땅치 아니하다. 대개 나라는 백성을 뿌리 삼고 부자는 빈민이 만들어 줌이다. 하나 양순한 백성이 이렇듯 참혹한 지경에 이르렀건마는 벼슬한 이가 길을 트지 아니하고, 가멸한 이가 힘을 내고자 아니함이 과연 천리(天理)에 어그러져 신인(神人)이 공분(公憤)하는 바이기로 내 하늘을 대신하여 이러저러한 방법

---

13 빈호 가난한 집.

으로 이리저리하였으니, 너희들은 모름지기 이 뜻을 깨달아 잠시 남에게 맡겼던 것이 돌아온 줄로만 알고 남의 힘을 입는 줄로는 알지 말지어다. 더욱이 자청하여 심부름한 내가 무슨 공이 있다 하리오. 이렇게 말하는 나는 처사(處士)[14] 전우치(田禹治)로다.

이 소문이 나라에 들리게 되자 비로소 전후 사연을 알고 임금을 속이고 나라를 소란케 하였으니 그 죄를 용서하지 못한다 하여, 널리 그 증거를 조사하자 우치는 더욱 괘씸하게 여겼다.

"약한 자를 붙들어다 허물함은 굳센 자가 제 잘난 체하는 예사(例事)인지라, 내가 저희들의 굳센 것이 얼마 안 된다는 것을 실상으로 알려야겠다."

하고, 계교를 생각하여 들보 한 머리를 베어 가지고 서울에 가서 팔려 하니 보는 사람마다 의심 아니할 이가 없었다.

마침 토포관(討捕官)[15]이 이를 보고 크게 괴이히 여겨 우치

---

14 처사 세파의 표면에 나서지 않고 조용히 초야에 묻혀 사는 선비.
15 토포관 각 진영의 도둑을 잡는 일을 맡은 벼슬.

더러 물었다.

"이 금이 어디서 났으며 값은 얼마나 하는가?"

우치가 대답하기를,

"이 금이 난 곳이 있으니 났거니와, 값인즉 얼마가 될지 달 아 봐야 알겠으나 대충 500냥을 주겠다면 팔까 하오."

토포관이 또 물었다.

"그대 집이 어딘가? 내가 내일 반드시 돈을 가지고 찾아갈 터이다."

우치가 말하되,

"내 집은 남선부주요, 성명은 전우치라 하오."

토포관은 우치와 헤어져 고을에 들어가 태수(太守)에게 고 했다. 그에 태수는 크게 놀라,

"지금 본국에는 황금이 없는데, 이는 틀림없이 무슨 연고가 있을 것이다."

하고, 관리들을 시켜 죄인을 잡아 오라고 하려다가 다시 생각 했다.

"우선 은자 500냥을 주고 사다가 진위(眞僞)를 알아보자."

하고, 은자 500냥을 주며 사 오라 하니, 토포관이 관리를 데리

고 남선부로 찾아갔다. 우치가 맞아들이자 토포관이 예를 마친 후,

"금을 사러 왔소."

하자, 우치가 응낙하고 500냥을 받은 다음 금을 내어 주었다. 토포관은 금을 받아 가지고 돌아와 태수께 드렸다. 금을 받아 본 태수는 크게 놀라,

"이 금은 들보 머리를 벤 것이 분명하니 필경 우치로다."

하고, 이놈을 잡아 진위를 안 후에 장계(狀啓)함[16]이 늦지 않다 하고, 즉시 20여 명에게 분부하여 빨리 가서 잡아 오라 하자 관리들이 바삐 남선부로 가서 우치를 잡으려 했다. 우치는 좋은 음식을 차려 관리를 대접하면서 말하기를,

"그대들이 수고로이 왔소. 나는 죄가 없으니 결단코 가지 아니하겠으니 그대들은 돌아가 태수에게 우치는 잡혀 오지 않고 태수의 힘으로는 못 잡으리니 나라에 고하여 군명(君命)이 있은 후에야 잡혀가겠노라고 고하라."

했다. 조금도 요동하지 않으므로 관리는 하릴없이 그대로 돌

---

16 장계하다 임금의 명을 받은 벼슬아치가 자기 관하의 중요한 일을 왕에게 보고하다.

아가 태수에게 사실대로 고하였다.

태수는 이 말을 듣고 놀라 즉시 지방 군사 500명을 점고 (點考)하여[17] 남선부에 가 우치의 집을 에워싸게 했다. 한편 이 일을 나라에 장계하자, 상은 크게 놀라시고 노하사 백관 을 모아 의논을 정하시고 포청(捕廳)으로 잡아 오라 하셨다. 그리고 몸소 심문할 기구를 차리시고 잡아 오기를 기다리 셨다.

금부(禁府)의 나졸(羅卒)들이 군명을 받들고 남선부에 가 우치의 집을 에워싸고 잡으려 하니, 우치는 냉소하며,

"너희 백만 군이 와도 내 잡혀가지 아니하리니 너희 마음대 로 나를 쇠밧줄로 단단히 얽어 가라."

하기에, 모든 나졸이 일시에 달려들어 쇠밧줄로 동여매고 전 후좌우로 둘러싸고 가는데, 우치가 또 말하기를,

"나를 잡아가지 않고 무엇을 매어 가는가?"

토포관이 놀라서 보니 한낱 잣나무를 매었는지라. 좌우에 섰던 나졸이 기가 막혀 아무 말도 못 하는데 우치는,

---

17 점고하다 점을 찍어 가며 사람의 수효를 확인하다.

"네가 나를 잡아가고자 하거든 병 한 개를 주겠으니 그 병
을 잡아가거라."

하고, 병 하나를 내어 땅에 놓으므로 여러 나졸이 달려들어 잡
으려 했다. 우치가 그 병 속으로 들어가니 나졸이 병을 잡아 들
자 무겁기가 1,000근이나 되는 것 같은데 병 속에서 이르되,

"내 이제는 잡혔으니 올라가리라."

했다. 나졸은 또 우치를 잃어버릴까 겁을 내어 병 부리를 단단
히 막아서 짊어지고 와서 상에게 바쳤다. 그러자 상은

"우치가 요술을 한들 어찌 능히 병 속에 들었으리오."

하시니, 문득 병 속에서 말하기를,

"답답하니 병마개를 빼어 다오."

하거늘, 상이 그제야 병 속에 든 줄 아시고 여러 신하에게 어
떻게 처치할 것인가를 물었다. 여러 신하가 가로되,

"그놈이 요술이 용하오니 가마에 기름을 끓여 병을 그 속에
넣게 하소서."

상이 옳게 여기사 기름을 끓이라 하시고 병을 집어넣으니
병 속에서 말하기를,

"신의 집이 가난하여 추위 견딜 수 없삽더니, 천은(天恩)이

망극(罔極)하사 떨던 몸을 녹여 주시니 황감(惶感)하여이다."

하거늘, 상이 진노(震怒)하사 그 병을 깨어 여러 조각을 내니라. 하나 아무것도 없고 병 조각이 뛰어 어전에 나아가 가로되,

"신이 전우치어니와 원컨대 군신 간의 죄를 다스릴 정신으로 백성이나 편안케 함이 옳을까 하나이다."

상이 더욱 진노하사 도부수(刀斧手)[18]로 하여금 병 조각을 빻아 가루로 만들어 다시 기름에 넣으라 하시고, 전우치의 집을 불 지르고 그 터에 연못을 만드시고 여러 신하와 더불어 우치 잡기를 의논하시자 여러 신하가 여쭈오되,

"요적(妖賊) 전우치를 위엄으로 잡을 수 없사오니, 마땅히 사대문에 방을 붙여 우치가 스스로 나타나면 죄를 사하고 벼슬을 주리라 하여, 만일 나타나거든 죽여 후환을 없이함이 좋을까 하나이다."

상이 그 말을 좇으사 즉시 사대문에 방을 붙였는데 그 방에는,

---

18 도부수 큰 칼과 큰 도끼로 무장한 군사.

전우치가 비록 죄를 저질렀으나 그 재주 용하고 도법(道法)이 높으되 알리지 못함은 유사(有司)의 책망이요, 짐의 불명함이니 이 같은 영웅호걸을 죽이고자 하였으니 어찌 탄식하고 한탄하지 않으리오. 이제 짐이 앞에 있었던 일을 뉘우쳐 특별히 우치에게 벼슬을 주어 국정(國政)을 다스리고 백성을 평안코자 하나니 전우치는 나타나라.

라고 써 있었다.

이때 전우치는 구름을 타고 사처(四處)로 다니며 더욱 어진 일을 행하고 있던 중 한 곳에 이르러 보니 백발노옹(白髮老翁)이 슬피 울거늘, 우치가 구름에서 내려와 그 슬피 우는 사유를 물었다. 그 노옹이 울음을 그치고,

"내 나이 73세에 자식이 하나 있는데, 애매한 일로 살인 죄수로 잡혀 죽게 되었으므로 서러워 우노라."

우치가 말하되,

"무슨 애매한 일이 있삽나이까?"

노옹이 대답하여,

"왕가라 하는 사람이 있는데, 아들이 그 사람과 친하게 지냈습니다. 왕가의 계집의 인물이 아름다우나 음란하여 조가라 하는 사람과 통간(通姦)하여 다니다가 왕가에게 들켜서 두 사람이 싸워 크게 다쳤답니다. 내 아들이 마침 갔다가 그 거동을 보고 말리어 조가를 제집으로 보낸 후 돌아왔더니, 왕가가 그 싸움 때문에 죽자 그 외사촌이 있어 고장(告狀)하여[19] 취옥(就獄)함[20]에, 조가는 형조 판서(刑曹判書) 양문덕(楊文德)의 문객(門客)이라 친분이 있어 빠져나오고 내 자식은 살인 정범(殺人正犯)으로 문서를 만들어 옥중에 가두니, 이러하므로 슬피 우는 것이오."

우치가 이 말을 듣고,

"그렇다면 조가가 원범이라. 양문덕의 집이 어디오?"

하고 묻자, 노옹이 자세히 가르쳐 주었다. 우치는 노옹과 헤어져 몸을 흔들어 변신하여 한바탕 부는 맑고 시원한 바람이 되어 그 집에 이르니, 이때 양문덕이 홀로 대청 위에 앉았거늘 우치가 그 동정을 살피자 양문덕은 거울을 마주하고 얼굴

---

19 고장하다 소송을 제기하기 위해 법원에 서류를 제출하다.
20 취옥하다 감옥에 들어가거나 들어오다.

을 보고 있는지라. 우치가 변신하여 왕가가 되어 거울 앞에 앉아 있자 양문덕이 괴이하게 여겨 거울을 살펴보니 아무것도 없는지라.

'요얼(妖孼)[21]이 백주에 나를 희롱하는가.'

하고 다시 거울을 살펴보니, 아까 앉았던 사람이 그저 서서,

"나는 이번 조가에게 맞아 죽은 왕상인데 원혼이 되어 원수 갚기를 바랐더니 상공이 이가를 그릇되이 가두고 조가를 놓으니 이 일이 애매한지라. 지금이라도 조가를 가두고 이가를 풀어 주라. 그렇게 하지 않는다면 명부(冥府)에 가서 송사하겠노라."

하고는 홀연히 간 데가 없는지라. 양문덕은 크게 놀라 즉시 조가를 얽어매고 엄문하니 조가는 애매하다면서 죄가 없다고 하는지라. 왕가는 소리 높여,

"이 몹쓸 조가야! 내 처를 겁탈하고 또 나를 쳐 죽이니, 어찌 구천(九泉)의 원혼이 없으리오. 만일 너를 죽여 원수를 갚지 못하면 명부에 송사하여 너와 양문덕을 잡아다가 지옥에

---

21 요얼 요망스러운 사람. 또는 요악한 귀신이 부리는 재앙의 징조.

가두고 나오지 못하게 하리라."

하고는 소리가 없는지라. 조가는 머리를 들지 못하고 양문덕은 놀라 어떻게 할 줄 모르다가 이윽고 정신을 진정하여 조가를 엄문하니 조가가 견디지 못하고 죄를 낱낱이 자백했다. 이에 이가를 놓아주고 조가를 엄중히 잡아 가두었다. 그리고 즉시 조정에 알려 조가에게 법에 따라 죄를 받게 하니, 이때 이가는 집으로 돌아가 아비를 보고 왕가의 혼이 와서 여차여차 놓여남을 말하니 노옹이 기쁨을 이기지 못하였다.

　이때 우치는 이가를 구하여 보내고 얼마쯤 가다가 홀연히 보니 저잣거리에 사람들이 돝[22]의 머리 다섯을 가지고 다투고 있는지라. 우치가 구름에서 내려 그 연고를 묻자 한 사람이 이르되,

　"저도 쓸 데가 있어 사 가거늘 이 관리 놈이 앗아 가려고 하기에 다투는 것이오."

하였다. 우치가 관리를 속이려 하여 주문을 외우자 그 돼지 머리가 두 입을 벌리고 달려들어 관리의 등을 물려 하거늘 관리

_____

22 돝 '돼지'를 이르는 말.

와 구경하던 사람이 일시에 헤어져 달아났다.

우치가 또 한 곳에 이르니 풍악(風樂)이 낭자하고 노랫소리가 요란한지라. 즉시 여러 사람의 좌중에 들어가 절하고,

"소생은 지나가는 길손이온데 여러분이 모여 즐기실새 감히 들어와 말석에서 구경코자 하나이다."

여러 사람이 답례한 후 서로 성명을 통하고 앉으매 우치가 눈을 들어 보니 여러 손님 중에 운생과 설생(薛生)이란 자가 거만하게 우치를 보고, 냉소하며 여러 사람과 수작하기에 우치는 괘씸함을 이기지 못하더니 이윽고 술과 음식이 나오는지라. 우치가,

"제 형의 사랑하심을 입어 진수성찬을 맛보니 만행이로소이다."

하자, 설생이 웃으며,

"우리는 비록 빈한하나 명기(名妓)와 진찬(珍饌)이 많으니 전 형(田兄)은 처음 본 듯할 것이오."

우치도 웃으며,

"그러나 없는 것이 많소이다."

이 말에 설생은,

"팔진성찬(八珍盛饌)[23]에 빠진 것이 없거늘 무엇이 부족타 하오?"

"우선 선득선득한 수박도 없고, 시큼달큼한 포도도 없고, 시 금시금한 천도복숭아도 없어 빠진 것이 무수하거늘 어찌 다 있다 하오?"

제생이 크게 손뼉을 치며 웃더니,

"이때가 봄철이라 어이 그런 실과가 있겠소?"

"내 오다가 본즉 한 곳에 나무 하나가 있는데 각색 과실이 열리지 아니한 것이 없었소이다."

"그렇다면 형이 그 과실을 따 온다면 우리들이 머리를 숙여 절하고, 만일 형이 따 오지 못한다면 형이 만좌중(滿座中)[24]에 볼기를 맞을 것이오."

"좋소이다."

하고, 응낙한 우치는 즉시 한 동산에 가니 도화가 만발하여 비단에 수를 놓아 만든 장막을 드리운 듯하였다. 우치는 두루

---

23 팔진성찬 여러 가지 진귀하고 맛있는 것을 푸짐하게 잘 차린 음식.
24 만좌중 사람들이 모든 좌석에 가득 앉은 가운데. 또는 그 사람들.

즐겨 구경하다가 꽃 한 떨기를 훑어 주문을 외우자 낱낱이 변하여 각색 실과가 되었다. 그것을 소매 속에 넣고 돌아와 좌중에 던지니 향기가 코를 스치며 천도복숭아·포도·수박이 낱낱이 흩어지는 것이었다. 여러 사람은 한편 놀라고 한편 기꺼워하여 저마다 다투어 손에 집어 구경하며 칭찬하기를,

"전 형의 재주는 보던 바 처음이오."

하고, 창기에게 명하여 술을 가득 부어 권하였다. 우치는 술을 받아 들고 운·설 두 사람을 돌아보며,

"이제도 사람을 업신여기겠소? 그러나 형들이 이미 사람을 경모(輕侮)한[25] 죄로 천벌을 입었을지라. 내 또한 말함이 불가하다."

하는지라, 운·설 두 사람이 입으로는 비록 겸손하게 말하는 체하나 속으로는 종시 믿지 아니하더니, 운생이 마침 소피(所避)보려고 옷을 끄르고 본즉 하문(下門)[26]이 편편하여 아무것도 없거늘 이에 크게 놀라서,

"이 어이한 연고로 졸지에 하문이 떨어졌는고?"

---

25 경모하다 남을 하찮게 보아 업신여기거나 모욕하다.
26 하문 '음부'를 일상적으로 이르는 말.

하며, 어찌할 줄 모르거늘 모두 놀라서 본즉 과연 민숭민숭한
지라. 크게 놀라,

 "소변을 어디로 보리오."

할 즈음에, 설생이 또한 자기의 아래쪽을 만져 보니 역시 그러
한지라. 두 사람이 크게 놀라 서로 의논하며,

 "전 형이 우리들을 놀리더니 이러한 변괴가 났구나. 장차
이 일을 어찌할 것이오!"

하는데, 창기 중 제일 고운 계집의 소문(小門)²⁷이 간데없고
문득 배 위에 구멍이 났는지라 망극하여 어떻게 할 줄을 몰
랐다.

 그중에 오생(吳生)이란 자가 총명이 비상하여 사람을 잘 알
아봤는데, 문득 깨달아 우치에게 빌었다.

 "우리들이 눈이 있으나 망울이 없어 선생께 득죄하였사오
니 바라건대 용서하소서."

 우치가 웃고 주문을 외우자 문득 하늘에서 실 한 끝이 내려
와 땅에 닿았다. 우치는 크게 소리쳤다.

---

27 소문 여자의 음부를 완곡하게 이르는 말.

"청의동자 어디 있느냐?"

말이 채 끝나기도 전에 한 쌍의 동자가 표연히 내려오는 것이었다. 우치가 분부하여 가로되,

"네 이 실을 타고 하늘에 올라가 반도(蟠桃)[28] 열 개를 따 오라. 그렇지 않으면 변을 당하리라."

우치가 말을 마치자 동자는 명을 받고 줄을 타고 공중에 올라갔다. 여러 사람이 신기하게 여겨 하늘을 우러러보니 동자는 나는 듯이 올라가더니 이윽고 복숭아 잎이 분분하게 떨어지며 사발만 한 붉은 천도(天桃) 열 개를 내리쳤는데 조금도 상하지 않았다. 여러 사람이 일시에 달려와 주워 가지고 서로 자랑하는지라. 우치는 여러 사람에게 나누어 주고,

"제 형과 창기 등이 아까 얻은 병은 이 선과(仙果)를 먹으면 쾌히 회복하리라."

하자, 제생과 창기 등이 하나씩 먹은 후 저마다 만져 보니 여전한지라. 사례하기를,

"천선(天仙)이 내려오신 줄 모르고 우리들이 무례하여 하마

---

28 반도 삼천 년마다 한 번씩 열매가 열린다는 선경에 있는 복숭아.

터면 병신이 될 뻔하였구나."

하며, 지극히 공경하였다.

우치가 구름에 올라 동으로 향해 가다 또 한 곳에 이르러 보니 두어 사람이 서로 이르되,

"이 사람이 어진 일을 많이 했는데 끝장에 가서는 필경이 이 지경에 이르니 참 불쌍하도다."

하고 눈물을 흘리므로, 우치가 구름에서 내려 두 사람에게 물어 가로되,

"그대는 무슨 비창(悲愴)한 일이 있어 그렇게 슬퍼하는가?"

두 사람이 대답하였다.

"이곳 호조(戶曹) 고지기[29] 장세창(張世昌)이라 하는 사람이 효성이 지극하고 심지어 집이 빈곤한 사람도 많이 구제하더니, 호조 문서(文書)를 그릇하여 쓰지 아니한 은자(銀子) 2천 냥을 물지 못하여 형벌을 받겠거니 자연히 비참함을 금치 못해서 그러오."

---

29 고지기 관아의 창고를 보살피고 지키던 사람. 또는 일정한 건물이나 물품 따위를 지키고 감시하던 사람.

우치가 이 말을 듣고 잠깐 눈을 들어 본즉 과연 한 소년을 수레에 싣고 형장(刑場)으로 나아가고 그 뒤에 젊은 계집이 따라 나오며 우는지라. 우치가 물었다.

"저 여인은 누구뇨?"

"죄인의 부인이오."

하는데, 이윽고 옥졸(獄卒)이 죄인을 수레에서 내려 제구(諸具)를 차리며 시각을 기다리는 것이었다. 우치는 즉시 몸을 흔들어 일진청풍이 되어 장세창과 여자를 거두어 하늘로 올라가거늘 많은 사람이 일시에 말하되,

"하늘이 어진 사람을 구하시는도다."

하고, 기뻐하였다.

이때 형관(刑官)이 크게 놀라 급히 이 일을 상달하니 상감과 백관이 모두 놀라고 의심하였다.

차설, 우치가 집으로 돌아와 본즉 두 사람의 기색이 엄엄하였으므로[30] 급히 약을 흘려 넣었다. 이윽고 깨어났으나 정신이 황홀하여 진정하지 못하는 것이었다.

---

30 엄엄하다 숨이 곧 끊어지려 하거나 매우 약한 상태에 있다.

우치가 전후 사정을 말하자 장세창 부부는 고개를 숙여 사례했다.

"대인(大人)의 은혜는 태산 같으니 차생에 어찌 다 갚으리이까?"

우치는 손사했다.

하루는 한가함을 타 우치가 명승지를 두루 구경하다가 한 곳에 이르니 사람이 슬피 우는 소리가 들리기에 가서 우는 이유를 물어보니 그 사람이 공손히 말했다.

"나의 성명은 한자경(韓子景)인데 부친의 상을 당하였소. 그런데 장사 지낼 길이 없는 데다 추운 날씨에 70 모친을 봉양할 도리가 없어 우는 것이오."

우치가 불쌍히 여겨 소매에서 족자 하나를 내어 주며,

"이 족자를 집에 걸고 '고지기야.' 부르면 대답할 것이오. 은자 100냥만 내라 하면 그 족자가 소리에 응하여 즉시 줄 것이니 이로써 장사 지내고 그 후로부터는 매일 한 냥씩만 들이라 하여 모친을 봉양하시오. 만일 더 달라 하면 큰 화를 입을 것이니 욕심내지 말고 부디 조심하오."

그 사람은 믿지 아니하나 받은 후 사례하며,

"대인의 존성(尊姓)[31]을 알고 싶소이다."

하거늘,

"나는 남선부 사람 전우치로다."

하였다.

그 사람은 백배사례하고 집에 돌아와 족자를 걸고 보니, 큰 집 하나와 집 속에 열쇠 가진 동자 하나가 그려졌는지라. 시험해 보리라 하고 "고지기야." 하고 부르니 그 동자가 대답하고 나왔다. 매우 신기하게 여겨 은자 100냥을 들이라 하니, 말이 끝나기 전에 동자가 은자 100냥을 앞에 놓았다. 한자경은 크게 놀라며 또한 기뻐하여 그 은을 팔아 부친의 장사를 지내고 매일 은자 한 냥씩 들이라 하여 날마다 쓰니 가산이 풍족하여 노모를 봉양하며 은혜를 잊지 못하였다.

하루는 쓸 곳이 있어서,

'은자 100냥을 당겨쓰면 어떠할까?'

하고, 고지기를 부르니 동자 대답하거늘 한자경이,

---

31 존성 남의 성을 높여 이르는 말.

"내 마침 은자 쓸 곳이 있으니 은자 100냥만 먼저 쓰면 어떠하겠느냐?"

하였다.

그러나 고지기가 듣지 아니하므로 재삼 간청하니 고지기 문을 열거늘 한자경이 따라 들어가 은자 100냥을 가지고 나오려 하니 벌써 문이 잠겼는지라. 한자경이 크게 놀라 고지기를 불렀으나 대답이 없었다.

크게 노하여 문을 박차니 이때 호조 판서가 마루에 좌기(坐起)할새[32] 고지기 고하되,

"돈 넣은 곳에서 사람 소리가 나니 매우 괴이하더이다."

호판이 의심하여 하인을 무으고 문을 열고 보니 한 사람이 은을 가지고 섰는지라. 고지기는 깜짝 놀라 급히 물었다.

"너는 어떤 놈이기에 감히 이곳에 들어와 은을 도둑하여 가려느냐?"

한자경이 대답하기를,

"너희는 어떤 놈이기에 남의 내실에 들어와 무례하게 구느

---

32 좌기하다 관아의 으뜸 벼슬에 있던 이가 출근하여 일을 시작하다.

나? 바삐 나가거라."

하고 재촉하자, 고지기가 미친놈으로 알고 잡아다가 고하니 호판이 분부하되,

"이 도둑놈을 꿇어앉히라."

하고 치죄(治罪)할새, 한자경이 그제야 정신을 차려 자세히 보니 제집이 아니요, 호조인지라. 한자경이 놀라 가로되,

"내가 어찌하여 이곳에 왔던고? 의아한 꿈인가?"

하더니, 호판이 묻기를,

"너는 어떠한 놈이어늘 감히 어고(御庫)[33]에 들어와 도둑질을 하는가. 죽기를 면치 못할지라. 네 당류(黨類)[34]를 자세히 아뢰라."

하였다.

한자경이 말하기를,

"소인이 집에 걸린 족자 속에 들어가 은을 가지고 나오려 하더니 이런 변을 당하오니 소인도 생각지 못하리로소이다."

호판이 의혹하여 족자의 출처를 물으니 한자경이 전후 사

---

33 어고 궁중에서 임금이 사사로이 쓰는 창고.
34 당류 같은 무리나 편에 드는 사람들.

정을 고하자 호판이 크게 놀라 묻기를,

"너는 언제 전우치를 보았느냐?"

대답하기를,

"본 지 5삭(朔)[35]이나 되었나이다."

호판은 한자경을 가두고 각 창고를 조사하는데, 은궤(銀櫃)를 열고 본즉 은은 없고 청개구리만 가득하며 또 돈고를 열어 보니 돈은 없고 누런 뱀만 가득하더라. 호판이 이를 보고 크게 놀라 이 연유를 상달했다. 그에 상이 크게 놀라 여러 신하를 모아 의논하시더니 각 창고의 관원이 아뢰며,

"창고의 쌀이 변하여 벌레뿐이요, 쌀은 한 섬도 없나이다."

또 각 영(營)의 장수가 보고하기를,

"창고의 군기(軍器)가 변하여 나무가 되었나이다."

또 궁녀가 고하기를,

"내전에 범이 들어와 궁인을 해하나이다."

하거늘, 상이 크게 놀라 급히 궁노수(弓弩手)[36]를 발하여 내전에 들어가 보니 궁녀마다 범 하나씩 탔는지라. 활과 쇠뇌를 발

---

35 삭 달을 세는 단위. 개월.
36 궁노수 활과 쇠뇌를 쏘던 군사.

하지 못하고 이 연유를 상주하니, 상이 더욱 놀라시어 궁녀 앞
질러 보라 하니, 궁노수 하교를 듣고 일시에 쏘니 흑운(黑雲)
이 일며 범 탄 궁녀들이 구름에 싸여 하늘로 올라 호호탕탕(浩
浩蕩蕩)히[37] 헤어지는지라.

상이 차경(此景)을 보시고,

"다 우치의 술법이니 이놈을 잡아야 국가 태평하리라."

하시고, 탄식하시더니 호판이,

"이 고(庫)에 은 도둑을 엄수하였삽더니, 이놈이 우치의 당
류라 하오니 죽이사이다."

상이 윤허(允許)하시매 이 한자경을 형을 집행할새 문득 광
풍이 대작하여 한자경이 간데없으니 이는 전우치의 구함이었
다. 형을 집행하던 벼슬아치가 이대로 상달하였다.

이때에 우치가 자경을 구하여 제집으로 보내어,

"내 그대더러 무엇이라 당부하였뇨. 그대를 불쌍히 여겨
그 그림을 주었거늘 그대가 내 말을 듣지 아니하여 하마터
면 죽을 뻔하였으니, 이제 누구를 원망하고 누구를 한탄하

---

37 호호탕탕히 끝없이 넓고 넓게. 또는 기세 있고 힘차게.

리오."

하였다.

우치가 두루 돌아다녀 한 곳에 다다라 보니 사문(四門)에
방을 붙였거늘, 내심에 냉소(冷笑)하고 궐문(闕門)에 나아가
크게,

"전우치 자현(自現)하나이다[38]."

정원(政院)에서 연유를 상달하는데 상이 가로되,

"이놈의 죄를 사하고 벼슬을 시켰다가 만일 영난함이 또 있
거든 죽이리라."

하시고, 즉시 입시(入侍)하라 하시니, 우치가 들어와 엎드려
은혜에 감사하니 상이 가로되,

"네 죄를 아느냐?"

우치가 땅에 엎드려 공손히 용서를 빌며,

"신의 죄 만 번 죽어도 아까울 게 없음이로소이다."

"내 네 죄를 보니 과연 신기한지라, 중죄를 사하고 벼슬을

---

38 자현하다 죄를 범한 사람이 제 스스로 범죄 사실을 관아에 고백하다.

주노니 너는 충성을 다하여 나라의 은혜를 갚아라."

하시고, 선전관(宣傳官)에 동자관(東子官) 겸 사복 내승(司僕 內承)을 하사하시니, 우치가 감사하여 절하고 하처(下處)³⁹를 정하였다.

우치가 궐내(闕內)에 입직(入直)할새⁴⁰, 행수선전관(行首 宣傳官)이 아랫사람들을 보채기를 심히 괴롭게 하는지라. 하루는 선전이 부하들을 차례로 매질하는데 우치조차 차례를 당함에 가만히 망두석(望頭石)⁴¹을 빼어다가 자기 대신 매를 맞게 하니, 선전들이 손바닥이 아파 능히 치지 못하고 그쳤다.

이리저리 여러 달이 됨에 선전들이 모두 하인을 꾸짖어 허참(許參)⁴²을 재촉하라 하니, 하인들이 연유를 고하는데 우치는,

"내일 해가 뜰 무렵, 백사장으로 모두 나오시게 하라."

서원(書員)이 말하되,

---

39 하처 '사처(손님이 길을 가다가 묵음. 또는 묵고 있는 그 집)'의 옛말.
40 입직하다 관아에 들어가 차례로 숙직하다. 또는 차례로 당직하다.
41 망두석 무덤 앞의 양쪽에 세우는 두 개의 돌기둥. 망주석.
42 허참 새로 부임한 관원이 선임자들에게 음식을 차려 대접하던 일. 일종의 신고식이다.

"자고(自古)로 허참을 적게 하려도 수백금(數百金)이 드오니 사오일을 숙설(熟設)하와[43] 치르리이다."

"내 벌써 준비함이 있으니 너는 잔말 말고 개문 입시(開門入侍)하여 하인 등을 대령(待令)하라."

서원과 하인이 물러 나와 서로 의논하되,

"우치의 재주가 비록 능하나 이번 일은 믿지 못하리라."

하고, 각처에 지휘하여 명일 평생(平生)[44]에 백사장으로 함께 나아가게 하였다.

이튿날 모든 하인이 백사장에 모이니, 구름차일은 공중에 솟아 있고, 포진(布陣)과 수석(首席) 금병(金屛)이 눈에 휘황찬란하며 풍악이 진천(震天)하며 수십 간 뜸집[45]을 짓고 일등 숙수아(熟手兒)[46] 열 명이 앞에 안반을 놓고 음식을 장만하니, 그 풍비(豐備)함은 금세(今世)에 없을 터였다.

날이 밝으매 선전관 사오 인이 일시에 말을 타고 나오니, 포진이 극히 화려한지라. 차례로 좌정(坐定)함에 오음 육률(五

---

43 숙설하다 잔치 때에 음식을 만들다.
44 평생 해가 뜰 무렵.
45 뜸집 띠나 부들 따위로 지붕을 이어 간단하게 지은 집.
46 숙수아 잔치와 같은 큰일이 있을 때에 음식을 만드는 아이.

音六律)을 갖추어 풍악을 질주(迭奏)하니, 맑은 소리 공중에 어리었다.

각각 상을 들이고 잔을 날려 술이 반쯤 취하니 우치는,

"조사(曹司) 일찍이 호협 방탕(豪俠放蕩)하여 주사청루(酒肆靑樓)[47]에 다녀 아는 창기(娼妓) 많으니, 오늘 놀이에 계집이 없어 가장 무미(無味)하니, 조사 나아가 계집을 데려오리이다."

차시에 제인[48]이 모두 반취(半醉)하였는지라. 저마다 기꺼이 가로되,

"가히 오입쟁이로다."

우치가 하인을 데리고 나는 듯이 남문으로 들어가더니 오래지 아니하여 무수한 계집을 데려다가 장막 밖에 두고, 큰 상을 물리고 또 상을 들였다. 수륙진찬(水陸珍饌)[49]이 성비(盛備)하여[50] 풍악이 진천한 중 우치는,

"이제 계집을 데려왔으니 각각 하나씩 수청하여 흥을 돋움

---

47 주사청루 술집. 기생집을 이르는 말.
48 제인(諸人) 모든 사람. 또는 여러 사람.
49 수륙진찬 산과 바다에서 나는 온갖 진귀한 물건으로 차린, 맛이 좋은 음식.
50 성비하다 잔치 따위를 성대하게 베풀다.

이 가하나이다."

하였다. 제인이 기뻐하고 차례로 하나씩 불러 앉히는데, 제인
이 각각 계집을 앉히고 보니 다 제인의 아내였다.

　놀랍고 분하나 서로 알까 저어하며 아무 말도 못 하고 크
게 노하여 모두 상을 물리고 각기 말을 타고 집으로 돌아와
보니, 노복이 혹 발상(發喪)하고[51] 통곡하며 집안의 소요함도
있어 놀랍고 기이하게 여겨 물으니 다 부인의 갑작스러운 죽
음 때문이라.

　그중 김 선전이라는 사람이 집에 돌아오니 시비가,

　"부인이 아까 의복을 마르시다가 돌연 별세하였나이다."

하니 김 선전이 크게 노하여,

　"어찌 나를 속이려 하느냐?"

하고, 분기를 참지 못하여,

　"이 몹쓸 처자가 양가 문호(良家門戶)를 돌아보지 않고 이
런 남부끄러운 일을 하되 전혀 몰랐으니 어찌 통탄치 아니하
리오."

---

51 발상하다 상례에서, 죽은 사람의 혼을 부르고 나서 상제가 머리를 풀고 슬피 울어 초상
난 것을 알리다.

이때 시비가 급하게 소식을 아뢰어,

"부인이 의복을 마름질하다가 관격(關格)[52]이 되어 기세하셨더니 지금 회생(回生)하였나이다."

하거늘, 김 선전이 급히 내당으로 들어가니, 부인이 일어나 비로소 김 선전을 보고,

"내 한 꿈을 꾸니 한 곳에 간즉 큰 연회가 펼쳐져 모든 선전관이 자리에 죽 앉았고, 나 같은 노소 부인(老少夫人)이 모였는데, 한 사람이 가로되 기생을 데려왔다 하니 하나씩 앞에 앉혀 수청케 하는데, 나는 가군의 앞에 앉히기로 묵연히 앉았더니, 좌중 제객이 다 불호(不好)하여 노색(怒色)을 띠었습니다. 가군이 먼저 일어나며 제인이 또 각각 흩어지는 바람에 내 꿈을 깨었습니다."

하였다. 김 선전이 부인의 말을 듣고 할 말이 없는 중 가장 의혹하여, 하루는 동관으로 더불어 즉일 백사장 놀음의 창기 말과 각각 부인이 혼절(昏絶)하던 일을 전하여,

"이는 반드시 전우치의 요술로 우리들에게 욕뵈임이라."

---

52 관격 음식이 급하게 체해 먹지도 못하고, 대소변도 보지 못하고 인사불성이 되는 병.

하였다.

　이때 함경도(咸鏡道) 가달산(可達山)에 한 도적이 있어 재물을 노략하며 인민을 살해하매 본읍 원이 관군을 발하여 잡으려 하되 능히 잡지 못하였다. 이에 상이 크게 근심하사 조정에 전지(傳旨)하사 파적지계(破敵之計)[53]를 의논하라 하시니, 우치가 상에게 아뢰기를

　"도둑의 형세 심히 크다 하오니, 신이 홀로 나아가 적의 세력을 본 후 잡을 묘책(妙策)을 정하리이다."
하였다.

　상이 크게 기뻐하사 술을 내리시고 인검(引劍)[54]을 주시며 이르되,

　"도적의 권세가 호대(浩大)하거든[55] 이 칼로 사졸을 호령하라."
하시니, 우치가 물러 나와 즉시 말에 올랐다. 장졸을 거느리고

---

53 파적지계 적을 쳐부술 계책.
54 인검 임금이 병마를 통솔하는 장수에게 주던 검.
55 호대하다 매우 넓고 크다.

여러 날 만에 가달산 근처에 다다라 보니 큰 산이 하늘에 닿는 듯하고 수목이 자라 빽빽하며 기암괴석(奇巖怪石)이 겹겹으로 겹쳐져 있으니 가장 험악한지라. 우치가 군사를 산 아래에 머무르게 하고 자신은 혼자서 솔개로 변해 가달산을 향하여 갔다.

원래 가달산 중(中) 수천 명 적당 중에 한 괴수(魁首)있으니, 성은 엄(嚴)이요, 명은 준(俊)이라. 용맹이 뛰어나고 무예(武藝)가 출중(出衆)하였다.

이때 우치가 공중에서 두루 살피더니, 엄준이 엄연히 홍일산(紅日傘)을 받고 천리백총마를 타고, 채의 홍상(彩衣紅裳)한 시녀를 좌우에 벌리니 종자 100여 명을 거느리고 산 사냥을 하고 있었다. 우치가 엄준을 자세히 살펴보니 기골이 장대하고 신장이 8척이요, 낯빛이 붉고 눈이 방울 같으며, 수염은 비늘을 묶어 세운 듯하니, 일대 걸물(一代傑物)이었다.

엄준이 추종들을 거느리고 이 골 저 골로 한바탕 사냥하다가 분부하되,

"오늘은 각처로 갔던 장수들이 다 올 것이니, 마땅히 소 열 마리를 잡아 잔치하리라."

하니, 그 소리가 쇠북을 울리는 것 같았다.

　이때 우치가 한 가지 꾀를 생각하고 나뭇잎을 훑어 신병(神兵)을 만들어 창검을 들리고 기치(旗幟)[56]를 벌려 진(陳)을 이루고 머리에 쌍통구를 쓰고 몸에 황금 쇄자갑(鎖子甲)[57]에 황라(黃羅) 전포(戰袍)를 겹쳐 입고 천리오추마(千里烏騅馬)[58]를 타고 손에 푸른 뱀이 새겨진 양날 칼을 들고 짓쳐 들어가니, 성문을 굳게 닫거늘 우치가 문 열리는 주문을 외우니 문이 절로 열리는지라. 들어가며 좌우로 살펴보니 웅장하고 화려한 집이 두로 벌렸고, 사방 창고에 쌀이 가득하며, 차차 전진하여 한 곳에 이르니 전각(殿閣)이 굉장하여 주란화동(朱欄畫棟)[59]이 허공에 솟아 있었다. 우치가 솔개로 변하여 날아 들어가 보니 도둑 두목이 황금 교자(黃金轎子)에 높이 앉고 좌우에 제장(諸將)을 차례로 앉히고 크게 잔치하였더라. 그 뒤에 대정(大庭)이 있으니 미녀 수백 인이 열좌하여 상을 받았거늘, 우치가 하는 양을 보려 하고 주문을 외우니, 무수한

---

56 기치 군대에서 쓰던 깃발.
57 쇄자갑 돼지가죽으로 만든 미늘을 서로 꿰어서 지은 갑옷.
58 천리오추마 검은 털에 흰 털이 섞인 천리마.
59 주란화동 단청을 곱게 하여 아름답게 꾸민 집.

줄이 내려와 모든 장수의 상을 거두어 가지고 중천(中天)에 높이 떠오르며, 광풍(狂風)이 크게 일어 눈을 뜨지 못하고 그러한 운문 차일(雲紋遮日)과 수놓은 병풍이 무너져 공중으로 날아가니, 엄준이 정신을 진정치 못하여 뜰아래 나뭇등걸을 붙들고, 모든 군사 차반을 들고 바람결에 떠서 흐러가며 굴렀다.

우치는 한바탕 속이고 이에 바람을 거두며 앗아 온 음식을 가지고 산하에 내려와 장졸을 나누어 먹이고 그곳에서 잤다.

이때 바람이 그치며 엄준과 제상이 비로소 정신을 차리고 보니 많은 음식이 하나도 없거늘 엄준이 가장 괴이히 여겼다.

이튿날 해가 밝자 우치는 다시 산중에 들어가 갑주(甲胄)를 갖추고 문전에 이르러 크게 호령하여,

"반적(叛賊)은 바삐 나와 내 칼을 받으라."

하니, 문을 지킨 군사가 급히 고한대 엄준이 크게 놀라 장졸을 거느리고 문밖에 나와 진을 벌였다. 엄준이 검을 휘두르고 출마(出馬)하여 가로되,

"너는 어떠한 장수관대 감히 와 싸우고자 하는가?"

"나는 전교(傳敎)를 받자와 너희를 잡으러 왔으니 내 성명은 전우치로다."

"나는 엄준이라. 네 능히 나를 맞서 겨룰까?"

하며 달려드니, 우치가 맞아 싸울새 양인의 재주 신기하여 맹호 밥을 다투는 듯, 청황룡(靑黃龍)이 여의주(如意珠)를 다루는 듯, 양인의 정신이 씩씩하여 진시(辰時)로부터 사시(巳時)[60]에 이르도록 승부(勝負) 없으매 양진(兩陣)에서 징을 쳐 군을 거두었다. 여러 장수가 엄준을 보고 치하하여,

"작일 천변(天變)을 만나 마음이 놀랐으되, 오늘 범 같은 장수를 능적(能敵)하시니 하늘이 도우심이라. 그러나 적장의 용맹이 절륜하니 가히 경시치 못하리로다."

엄준이 크게 웃으며,

"적장이 비록 용맹하나 내 어찌 저를 두려워하리오. 명일은 결단코 우치를 베고 바로 경성으로 향하리라."

하였다.

이튿날에 진영으로 드나드는 문을 크게 열고, 엄준이 호령

---

60 사시 오전 9시부터 11시까지이다.

하여,

　"전우치는 빨리 나와 내 칼을 받으라. 오늘은 맹세코 너를
베리라."

하고, 장검(裝劍) 출마하여 전우치를 비방하니, 우치가 크게
노하여 말을 내몰아 칼춤을 추며 즉취(卽取) 엄준하여 교봉
(交鋒)⁶¹ 30여 합에 적장의 창이 번개 같은지라. 우치가 무예
(武藝)로는 이기지 못할 줄 알고 몸을 흔들어 변하여 제 몸은
공중에 오르고 거짓 몸이 엄준을 대적할새, 문득 크게 꾸짖어
가로되,

　"내 평생에 생살(生殺)을 아니하려다가 이제 너를 죽이리라."

하더니, 다시 생각하여,

　"이놈을 산 채로 잡아 만일 순종하면 죄를 사하여 양민을
만들고, 그렇지 않으면 죽여 후환을 없이 하리라."

하고, 공중에 칼을 번득이며,

　"적장 엄준은 나의 재주를 보라."

하였다. 엄준이 크게 놀라 하늘을 쳐다보니 한 떼 구름 속에

---

61 교봉 서로 병력을 가지고 전쟁을 함.

우치의 검광(劍光)이 번개 같거늘 몹시 놀라 얼굴빛이 하얗게
질려 급히 본진으로 돌아오는데, 앞으로 우치가 칼을 들어 길
을 막고 또 뒤에서도 우치가 따르고 있으며, 좌우로 칼을 들어
짓쳐 오고, 머리 위에서도 우치가 말을 타고 춤추며 엄준을 범
함이 급한지라. 엄준이 정신이 아득하여 말에서 떨어지니, 우
치가 그제야 구름에서 내려 거짓 우치를 거두고 군사를 호령
하여 엄준을 결박하였다. 적진의 장졸들은 엄준이 잡힌 것을
보고 싸울 뜻이 없어 스스로 손을 묶어 항복하였다. 우치는 한
사람도 해치지 아니하고 꾸짖어,

"너희가 도둑을 좇아 각 읍을 노략하고 백성을 살해하니,
그 죄 중대하나 특별히 죄를 사하노니, 니희는 각각 고향에
돌아가 농업에 힘쓰고 가산을 다스려 양민이 되어라."

하였다. 이에 모든 장졸이 머리를 조아리고 감사하며 행장을
수습하여 일시에 흩어졌다.

우치가 엄준의 내실(內室)에 들어가니, 녹의홍상(綠衣紅裳)
한 시녀와 가인(佳人)[62]이 수백 명이라. 각각 제집으로 보내고,

---

62 가인 미인(美人). 이성으로서 애정을 느끼게 하는 사람.

본진에 돌아와 장대(將臺)[63]에 높이 앉아 좌우를 호령하여 엄준을 섬돌 아래에 꿇리고 성난 목소리로 크게 꾸짖었다.

"내 재주와 용맹이 있거든 마땅히 충성을 다하여서 나라의 은혜를 갚아 후세에 이름을 전함이 옳거늘 감히 역심(逆心)을 품고 산적이 되어 재물을 노략하여 인민을 살해하니 마땅히 삼족(三族)을 멸할지라. 어찌 잠시나 용대(容貸)하리오[64]."

하고, 무사를 호령하여 원문 밖에 참(斬)하라 하니 엄준이 슬피 빌기를,

"소장의 죄상은 만 번 죽어도 아까울 것이 없으나 장군의 하해(河海) 같으신 덕으로 잔명(殘命)을 살리시면 마땅히 허물을 고치고 장군의 휘하에 좇으리이다."

하며, 뉘우치는 눈물이 비 오듯 하여 진정이 표면에 드러나거늘, 우치가 오랫동안 깊이 생각하여 가로되,

"내 실로 회과천선(悔過遷善)하면[65] 죄를 사하리라."

우치가 무사를 분부하여 엄준의 묶인 것을 끄르고 위로한

---

63 장대 지휘하는 장수가 올라서서 명령하던, 돌로 만든 대.
64 용대하다 지은 죄나 잘못한 일에 대하여 꾸짖거나 벌하지 아니하고 덮어 주다.
65 회과천선하다 허물을 뉘우치고 나쁜 짓을 고쳐 착하게 되다.

후 고향으로 돌려보냈다. 또한 신병을 파하고 싸움에서 승리한 것을 조정에 보고한 후, 산채(山砦)를 불 지르고 즉시 길을 떠났다.

우치는 궐하(闕下)에 나아가 복지(伏地)하니 상이 인견(引見)하시고 파적(破賊)한 설화를 들으시고 칭찬하시며 상을 후히 주시니, 우치는 천은을 감축(感祝)하여 집에 돌아와 모친을 뵈옵고 상사(賞賜)하신 물건을 드리니 부인이 감축하였다.

우치가 서울에 돌아온 후 조정 백관이 다 우치를 보고 성공함을 치하하되 선전관은 한 사람도 온 자 없으니, 이는 전일 놀이에 부인들을 욕부인 허물 때문이었다.

우치가 짐작하고 다시 속이려 하더니, 하루는 월색이 조용함을 틈타 오운을 타고 황건역사(黃巾力士)[66]와 온갖 도깨비를 다 모으고 신장(神將)[67]을 명하여 모든 선전관을 잡아 오라 하니, 오래지 아니하여 잡아 왔다. 우치는 구름 교의에 높이 앉아 좌우에 신장을 늘어 세우고 등촉을 휘황하게 밝혔다. 황

---

66 황건역사 힘이 센 신장(神將)의 하나.
67 신장 잡귀를 몰아내는 장수신.

건역사와 온갖 도깨비가 각각 1인씩 잡아들이거늘, 모든 선전관이 떨며 땅에 엎디어 쳐다보니, 우치의 그 위풍이 늠름하였다.

갑자기 우치가 큰 소리로 꾸짖되,

"내 너희들의 교만한 버릇을 징계(懲戒)하려 전일 너희들의 부인을 잠깐 욕되게 하였으나 극한 죄 없거늘, 어찌 이렇듯 원한을 품어 아직도 산 체하니, 내 너희를 다 잡아 풍도(酆都)[68]로 보내리라. 내 밤이면 천상 벼슬에 다사(多事)하고, 낮이면 국가에 중임이 있어 지금껏 천연(遷延)하더니, 이제 너희를 잡아 옴은 지옥에 보내어 만모(慢悔)한[69] 죄를 속(贖)하려 함이라."

하고 역사(力士)로 하여 곧 몰아내려 하니 모두 청령(聽令)하고[70] 달려들거늘 우치가 다시 분부하기를,

"너희는 이 죄인을 압령(押領)하여[71] 냉옥(冷獄)에 가두고 법왕(法王)[72]께 주하여 이 죄인들을 8만 겁(八萬劫)이 지나거

---

68 풍도 도가에서 '지옥'을 일컫는다.
69 만모하다 거만한 태도로 남을 업신여기다.
70 청령하다 명령을 주의 깊게 듣다.
71 압령하다 죄인을 맡아서 데리고 오다.
72 법왕 저승에서 죄인을 법으로 다스리는 왕.

든 업축(業畜)⁷³을 만들어 보내라."

하는지라. 이 말을 들으니 모든 선전관이 더욱 정신이 떨리고 혼비백산(魂飛魄散)하여 빌기를,

"우리들이 어리석어 그릇 큰 죄를 범하였사오니, 바라건대 죄를 사하시면 다시 허물을 고치리이다."

우치가 오랫동안 생각하다가 말했다.

"내 너희를 풍도로 보내고 누천년(累千年)⁷⁴이 지나도록 인세(人世)에 나오지 못하게 하렸더니, 전일 친분을 생각하여 아직 놓아 보내나니, 후일 다시 보아 처치하리라."

하고 모두 내치거늘, 이때 선전관이 다 깨달으니 한 꿈이라. 정신을 진정치 못하여 땀이 흐르고 정신이 아득했다.

하루는 선전관이 모두 전일 몽사(夢事)를 말하니 다 한결같은지라, 이러므로 그 후로는 우치 대접하기를 각별히 하였다.

상이 호판(戶判)에게 묻기를,

"전일 호조의 은이 변하였다 하더니 지금은 어떠하냐?"

---

73 업축 전생의 죄로 인하여 이승에서 괴로움을 받도록 태어난 짐승.
74 누천년 여러 천 년의 오랜 세월.

"지금껏 변하여 있나이다."

상이 또 창고를 물으시니,

"다 변한 대로 있나이다."

하거늘, 상이 근심하는데 우치가 말하기를,

"신이 원컨대 창고와 어고를 가 보옵고 오리이다."

한데, 상이 허하시니 우치가 호판을 따라 호조에 이르러 문을 열고 보니 은이 예와 같거늘 호판이 크게 놀라,

"내가 작일에도 보고 아까도 변함을 보았거늘 지금은 은으로 보이니 가장 괴이하도다."

하였다. 창고에 가 문을 열고 보니 쌀이 여전하고 조금도 변한 데가 없거늘 모두 놀라고 신기히 여기었다.

우치가 두루 살펴보고 궐내에 들어가 이대로 상달하니 상이 들으시고 기꺼워하시었다.

이때에 간의대부(諫議大夫)가 상주하기를,

"호서(湖西) 땅에 사오십 명이 둔취(屯聚)하여[75] 역모를 꾀한다고 변고자가 문서를 가지고 신에게 왔기에 그자를 가두고 사

---

75 둔취하다 여럿이 한곳에 모여 있다.

연을 주하나이다."

상이 탄하여,

"과인(寡人)이 박덕(薄德)하여 처처에 도둑이 일어나니 어찌 한심치 아니하리오."

하시며, 금부와 포청(捕廳)으로 잡으라 하시니 오래지 않아 적당을 잡았거늘, 상이 친국(親鞫)하실새, 이에 그중 한 놈이 아뢰기를,

"선전관 전우치의 재주가 뛰어나기에 우치로 임금을 삼아 만민을 평안하려 하더니, 명천(明天)이 불우(不佑)하사 발각되었사오니 죄가 무거워 죽어도 애석하지 않습니다."

하였다. 이때 우치 문사랑청(問事郎廳)[76]으로 상을 모시고 서 있었는데, 불의에 이름이 반역 죄인의 초사(招辭)[77]에 나는지라. 상이 크게 노하사,

"우치가 반역을 꾀하리라는 것을 짐작하되 나중을 보려 하였더니, 이제 발각하였으니 빨리 잡아 오라."

---

76 문사랑청 죄인의 취조서를 작성하여 읽어 주는 일을 맡아보던 임시 벼슬. 지금의 법원 서기와 같음.

77 초사 죄인이 자신의 범죄 사실을 진술하는 말.

하시니, 나졸이 수명하고 일시에 따라 들어 관대를 벗기고 섬돌 아래에 꿇리니, 상이 진로하셔 형틀에 올려 매고 수죄(數罪)하사,

"네 전일 나라를 속이고 도처마다 장난함도 용서치 못할 바이어늘 이제 또 대역죄를 범하였으니 어찌 살아남기를 바라겠느냐?"

하시고, 나졸에게 엄히 명하시기를

"한 매에 죽이라."

하였다. 집장과 나졸이 힘껏 치나 능히 매를 들지 못하고 팔이 아파 치지 못하거늘 우치가 아뢰기를,

"신의 전일 죄상은 죽어 마땅하나 금일 일은 만만[78] 애매하오니 용서하옵소서."

하니,

"주상이 필경 용서치 아니하시리라."

"신이 이제 죽사올진대 평생에 배운 재주를 세상에 전치 못하올지라. 지하에 돌아가오나 원혼이 되리니 엎드려 청하건데

---

78 만만 보통 정도보다 훨씬 더 넘어선 상태로.

성상은 원을 풀게 하옵소서."

상이 헤아리시되,

'이놈이 재주 능하다 하니 시험하여 보리라.'

하시고,

"네 무슨 능함이 있기에 이리 보채느뇨?"

"신이 본시 그림 그리기를 잘하니, 나무를 그리면 나무가 점점 자라고, 짐승을 그리면 짐승이 기어가고, 산을 그리면 초목이 나서 자라니, 이러므로 명화라 하오니, 이런 그림을 전치 못하옵고 죽사오면 어찌 원통치 않으리까."

상이 생각하기를,

'이놈을 죽이면 원혼이 되어 괴로움이 있을까?'

하여, 즉시 맨 것을 끌러 주시고 종이와 붓을 내리사 원을 풀라 하시니, 우치가 종이와 붓을 받고 곧 산수를 그리니 천봉만학(千峰萬壑)[79]과 만장폭포(萬丈瀑布)[80] 산상을 좇아 산 밖으로 흐르게 하고, 시냇가에 버들을 그려 가지 늘어지게 하고, 밑에 안장 지은 나귀를 그리고 붓을 던지며 은혜에 감사하매 상이

---

79 천봉만학 수많은 봉우리와 산골짜기.
80 만장폭포 매우 높은 데서 떨어지는 폭포.

묻기를,

"너는 방금 죽일 놈이라. 은혜에 감사함은 무슨 뜻이뇨?"

우치 말하기를,

"신이 이제 폐하를 하직하옵고 산림으로 들어 남은 인생을 마치고자 하와 주(奏)하나이다."

하고, 그림 속 나귀 등에 올라 산길로 들어가더니 이윽고 간데없거늘 상이 크게 놀라,

"내 이놈의 꾀에 또 속았으니 이를 어찌하리오."

하시고, 그 죄인들은 목을 베라 명하시고 친국을 파하시니라.

우치가 조정에 있을 때에 매번 이조 판서(吏曹判書) 왕연희(王延喜)가 자기를 시기하여 해코자 하더니 이날 친국 시에 상께 참소하여 죽이려 하거늘, 왕연희로 변하여 종들을 거느리고 왕연희 집에 가니, 왕연희는 궐내에서 나오지 않았거늘, 이에 내당에 들어가 있더니, 일몰할 때 왕 공이 돌아왔다. 부인과 시비 등이 막지기고(莫知其故)하거늘[81] 우치가 말

---

81 막지기고하다 일의 까닭을 알지 못하다.

하기를,

"이는 천년 된 여우가 변하여 내 얼굴이 되어 왔으니 이는 변괴(變怪)로다."

하니 왕연희는,

"어떤 놈이 내 얼굴이 되어 내 집에 있는가?"

하고 소리를 벽력같이 지르거늘, 우치는 즉시 하리(下吏)[82]를 명하여 냉수(冷水) 한 그릇과 개 피 한 사발을 가져오라 하니 가지고 왔다. 우치가 연희를 향하여 한 번 뿜고 주문을 외우니 왕연희가 꼬리 아홉 달린 여우로 변하였다. 노복 등이 그제야 칼과 몽둥이를 가지고 달려들거늘 우치는 만류하여,

"이 일은 우리 집의 큰 변괴니 궐내에 들어가 아뢰고 처치하리라."

하고, 아주 단단히 묶어 방중에 가두라 하니, 노복이 네 굽을 동여 방에 가두고 숙직하였다.

왕연희는 불의지변(不意之變)[83]을 만나 말을 하려 하여도

---

82 하리 관아에 속하여 말단 행정 실무에 종사하던 구실아치.
83 불의지변 뜻밖에 당한 변고.

여우 소리처럼 되고, 정신이 아득하여 기운이 시진하니 아무것도 할 수 없고 그저 눈물만 흘리고 있었다. 우치가 생각하되,

'사오일만 속이면 목숨이 그칠까.'

하여, 이날 밤에 우치가 왕 공 가둔 방에 이르러 보니 사지(四肢)를 동여 꿇려졌거늘 우치는,

"연희야, 너는 나와 평소에 원수진 일이 없거늘 구태여 나를 해하려 하느냐? 하늘이 나를 죽이려 하시면 죽으려니와 그렇지 아니하면 죽지 아니하리라. 네 어리석어 나를 거짓으로 참소하였으니 나는 너를 칼로 죽여 한을 풀 것이로되 내 평생에 살생하지 아니하기로 맹세하여 너를 용서하나니, 일후 만일 어전(御前)에서 나를 향하여 무고한 짓을 하면 그때는 용서하지 않으리라."

하고, 주문을 외우니 왕연희가 원래 모습으로 돌아왔더라. 왕연희는 벌써 우치인 줄 알고 겁이 나서 두 번 절하고,

"전 공의 재주는 세상에 없는지라. 내 삼가 교훈을 삼아 절대 잊지 아니하리라."

하고, 무수히 사례하였다.

"내 그대를 구하고 가나니, 내 돌아간 후 집안이 소요하리니, 여차여차하고 있으라."

하고, 우치는 구름에 올라 남쪽으로 갔다.

우치의 말을 들은 왕 공은,

"우치의 술법이 세상에 희한하니, 짐짓 사람을 희롱함이요, 살해는 아니하도다."

하고, 우치가 이른 대로 노복을 불러 요괴를 살펴보라 명하였다. 노복 등이 가서 보니 여우는 간데없거늘 크게 놀라 이대로 고하니, 공이 거짓으로 노한 체하여,

"너희들이 잘못 지켜 잃어버렸구나."

하고, 꾸짖어 물리쳤다.

우치가 집에 돌아와 한가히 돌아다니더니, 한 곳에 이르러 보니 소년들이 한 족자를 가지고 다투어 보며 칭찬하고 있었다.

"이 족자 그림은 천하에 짝 없는 명화(名畵)라."

우치가 그림을 보니 미인도 그리고 아이도 있어 희롱하는 모양이로되, 입으로 말은 못 하나 눈으로 보는 듯하니 생기(生氣)가 흐르는지라. 모든 소년이 보고 우러러 사모함을 마지아

니하거늘 우치가 한 계교를 생각하고 웃으면서,

"그대들 눈이 높아 그러하거니와 물색(物色)을 모르는도다."

"이 족자 그림이 사람을 보고 웃는 듯하니, 이런 명화는 이 천하에 없을까 하노라."

"이 족자값이 얼마나 하뇨?"

"값인즉 은자 50냥이니 그림값은 그림 가치에 비하면 적다."

"내게도 족자 하나 있으니 그대들은 구경하라."

하고, 소매에서 족자 하나를 내어놓으니, 모두 보건대 역시 미인도(美人圖)였다.

인물이 아주 아름답고 녹의홍상을 잘 갖추어 입었으니, 옥모화용(玉貌花容)[84]이 짐짓 경국지색(傾國之色)이라. 그 미인이 병을 들었으니 어딘가 신기롭고 묘하였다.

여러 사람이 보고 칭찬하기를,

"이 족자가 더욱 좋으니, 우리 족자보다 낫도다."

하니 우치는,

"내 족자의 화려함도 사람의 이목(耳目)을 놀래려니와 이

---

84 옥모화용 옥같이 아름답고 꽃다운 얼굴.

중에 한층 더 묘한 것을 구경케 하리라."

하고, 가만히 부르기를,

"술 가진 선랑(仙娘)[85]은 어디 있느뇨?"

하더니, 문득 족자 속의 미인이 대답하고 나오니 우치는,

"미랑(美娘)은 모든 상공께 술을 부어 드리라."

선랑은 즉시 응낙하고 벽옥으로 된 술잔에 청주를 가득 부어 드리니, 우치가 먼저 받아 마시고 동자(童子)들에게도 상을 올리거늘, 안주를 먹은 후에 연하여 차례로 드리니 제인이 받아먹은즉 맛이 가장 청렬(清冽)하였다.

여러 사람이 각각 일배주를 파한 후 주(酒) 선랑이 동자를 데리고 상과 술병을 거두어 가지고 도로 족자 그림이 되니 사람들은 크게 놀라,

"이는 신선이요 조화(造化)가 아니냐. 이 희한한 그림은 천고에 듣지도 못하고 보던 바 없느니라."

하고 기리기를 마지않았다. 그중에 오생(吳生)이란 사람이,

"내 한번 시험하여 보리라."

---

85 선랑 선녀 같은 처녀.

하고 우치에게 청하였다.

"우리들의 술은 나쁘니 주 선랑을 다시 청하여 한 잔씩 먹게 함이 어떠하뇨?"

우치가 허락하거늘, 오생이 가만히 부르기를,

"주 선랑아, 우리들의 술은 나쁘니 더 먹기를 청하노라."

하니, 문득 선랑이 술병을 들고 나오고 동자는 상을 가지고 나왔다. 사람들이 자세히 보니 그림이 화하여 사람이 되어 병을 기울여 잔에 가득 부어 드리거늘, 받아 마신즉 향기가 입에 가득하고 맛이 기이한지라. 사람들이 또 한 잔씩 마시니 술이 잔뜩 취하였다.

"우리들은 오늘날 존공(尊公)을 만나 선주(仙酒)[86]를 먹으니 다행하거니와, 또한 묘한 일을 많이 보니 신통함이야 어찌 측량하리오."

하자, 그 사람의 말을 들은 우치는,

"그림의 술을 먹고 어찌 사례하리오."

하였다.

---

86 선주 신선이 마신다는 전설상의 술로, 귀하고 맛이 좋은 술을 이르는 말.

"그 족자를 내 가지고자 하오니 팔고자 하는가?"

"내 가진 지 오랜지라. 그러나 정히 욕심을 내는 자 있으면 팔려 하노라."

"내게 누만금(累萬金)이 있으나 이런 보배는 처음 보는 바이다. 원컨대 형은 내 집에 가 수일만 머무르면 천 금을 주리라."

우치가 족자를 거두어 가지고 오생의 집으로 가니, 사람들은 대취(大醉)하여 각각 흩어졌다.

우치가 족자를 오생에게 전하고 말하기를,

"내 명일 돌아올 것이니 값을 준비하여 두라."

하고 가 버렸다.

오생이 술에 대취하여 족자를 가지고 내당에 들어가 다시 시험하려 하고 족자를 벽상에 걸고 보니 선랑이 병을 들고 섰거늘, 생이 가만히 선랑을 불러 술을 청하니 선랑과 동자 나와 술을 더 권하거늘, 생이 그 고운 태도를 보고 사랑하여 이에 옥 같은 손을 이끌어 무릎 위에 앉히고 술을 받아 마신 후 춘정(春情)을 이기지 못하여 침석(寢席)에 나아가고자 하더니 문득 문을 열고 급히 들어오는 여자가 있었다. 이는 생의 처

민씨(閔氏)였다.

민씨는 투기에는 선봉이요 싸움에는 대장이라, 생이 어쩌지 못하더니 금일 생이 선랑을 안고 있음을 보고 크게 노하여 급히 달려들었다. 선랑이 일어나 족자로 들어가거늘 민씨는 더욱 화를 내어 따라 들어 족자를 갈가리 찢어 버렸다. 생이 놀라며 민씨를 꾸짖을 즈음에 우치가 와서 불렀다. 오생이 나와 맞아 인사를 마친 후 처음부터 끝까지의 과정을 자세히 고하니, 우치가 즉시 몸을 흔들어 거짓 몸은 오생과 수작하고 진짜 몸은 곧 안으로 들어가 민씨를 향하여 주문을 외웠다. 그에 민씨가 변하여 대망(大蟒)[87]이 되어 방에 가득하게 되었다. 그러자 우치는 가만히 나와 거짓 몸을 거두고 진짜 몸을 현출(顯出)하여 오생에게,

"이제 형의 부인이 나의 족자를 없앴으니 값을 어찌하려 하느뇨?"

하매 오생은,

"이는 나의 죄라. 어찌하여 값을 아니 내리오. 마땅히 환을

---

87 대망 열대 지방에 사는 매우 큰 뱀 또는 이무기를 이르는 말.

하여 주시면 즉시 갚으리이다."

하였다. 우치는,

"그러나 그대 집에 큰 변괴 있으니 들어가 보라."

오생이 의아하게 여기며 안방에 들어와 보니 금빛 같은 대
망이 두 눈을 움직이며 상 밑에 엎드렸거늘 오생이 대경실색
하여 급히 내달으며 우치를 보고 이르기를,

"방 안에 흉악한 짐승이 있으매 쳐 죽이려 하노라."

"그 요괴를 죽이지는 못하리라. 만일 죽이면 큰 화를 당할
것이니, 내게 한 부적이 있으니 그 부적을 대망의 허리에 붙이
면 오늘 밤에 자연히 사라지리라."

하고, 소매 속의 부적을 내어 가지고 안방에 들이가 대망의 허
리에 붙이고 나와서 오생에게,

"이곳에 경문(經文) 외우는 자 있느뇨?"

하고 물었다.

오생이 말하기를,

"이곳에 없나이다."

"그러면 방문을 열고 보지 말라."

당부하고, 즉시 거짓 민씨 하나를 만들어 내당에 두고 돌아

갔다.

오생이 우치를 보내고 내당에 들어오니 민씨 금침에 싸여 누웠거늘,

"우리 집에 천년 묵은 요괴가 들어와 아까 당신 얼굴로 변해 내가 산 족자를 찢어 버렸소. 이는 내가 신선에게서 산 족자인데, 그 대망이 부적을 허리에 매고 갔으니 이제 그 족자값을 어찌하리오."

하고 근심하였다.

이튿날 우치가 돌아와서 방문을 열고 보니 민씨는 그대로 대망으로 있거늘, 우치가 대망을 꾸짖기를,

"네 남편을 업신여겨 요악(妖惡)을 힘써 남의 족자를 찢고 또 나를 모욕한 죄로 금사망(金絲網)을 씌워 여러 해 고초를 겪게 하겠더니, 만일 이제라도 전과(前過)를 고쳐 회과천선(悔過遷善)한다면 이 허물을 벗기려니와 그렇지 않으면 이대로 두리라."

하니, 민씨가 머리를 조아리며 잘못을 빌었다. 우치가 주문을 외우니 금사망이 절로 벗어지거늘 민씨는 절을 하며,

"선관의 가르치심을 들어 회과하오리이다."

하였다. 우치는 내당에 있는 민씨를 거두고 구름에 올라 돌아
왔다.

　어려서부터 우치와 함께 글을 배운 양봉환(梁奉煥)이란 선
비가 있는데 어느 날 우치가 찾아가니 병들어 누웠거늘 우치
가 물었다.

　"그대 병이 이렇듯 중한데 어찌 늦게야 알았느뇨?"

　양생은,

　"때로는 심통이 아프고 정신이 혼미하여 식음(食飮)을 전폐
(全廢)한 지 이미 오래니 살지 못할까 하노라."

　"그 병세 사람을 생각하여 났도다."

　"과연 그러하니라."

　"어떤 가인을 생각하느뇨?"

　"남문(南門) 안 현동(玄洞)에 사는 정씨(鄭氏)라 하는 여자
있으니, 일찍 남편을 잃었으나 다만 시모(媤母)를 뫼셔 사는데
인물이 절색이라. 마침 그 집 문 사이로 보고 돌아온 후 상사
(相思)하여 병이 되매 아마도 살아나지 못할까 하노라."

　"말 잘하는 매파(媒婆)를 보내어 통혼(通婚)하라."

"그 여자의 절개가 송죽(松竹) 같으니, 마침내 성사치 못하고 속절없이 은자 수백 냥만 허비하였노라."

"내 형장(兄丈)[88]을 위하여 그 여자를 데려오리라."

"형의 재주 모자람 없이 풍부하다지만 부질없는 헛수고만 하리로다."

"그 여자 춘광(春光)[89]이 얼마나 되느뇨?"

"23세로다."

"형은 안심하고 내가 돌아오기만 기다리라."

하고, 구름을 타고 나아가 버렸다.

차설. 정씨는 일찍 남편을 잃고 홀로 세월을 보내며 슬픈 심회를 생각하고 죽고자 하나 임의치 못하고, 위로 노모를 모시고 다른 동기 없어 모녀가 서로 의지하여 세월을 보내었다. 하루는 정씨가 심신이 산란하여 방 안에서 배회하더니 구름 속으로 일위(一位) 선관이 내려와 낭랑한 소리로 불러 가로되,

---

88 형장 나이가 엇비슷한 친구 사이에서, 상대편을 높여 이르는 이인칭 대명사.
89 춘광 젊은 사람의 나이를 문어적으로 일컫는 말.

"주인 정씨는 빨리 나와 남두성(南斗星)[90]의 명을 받으라."

정씨 이 말을 듣고 모친께 고하니, 부인이 또한 놀라 뜰에 내려 땅에 엎드리고 정씨 역시 땅에 엎드리매, 선관이 말하기를,

"선랑은 하늘의 명을 받들어 천상(天上) 요지(瑤池) 반도연(蟠桃宴)[91]에 참여하라."

정씨는 이 말에 크게 놀라서,

"첩은 인간의 더러운 몸이요, 또한 죄인이라. 어찌 천상에 올라가 옥황상제의 잔치에 참예하리까?"

선관은,

"정 선랑은 인간의 더러운 물을 먹어 천상의 일을 잊었도다."

하고, 소매에서 호리병박을 내어 향온(香醞)[92]을 가득 부어 동자로 하여금 권하니, 정씨가 받아 마시매 정신이 혼미하여졌다. 선관이 정씨를 가르치매 문득 채운으로 오르는지라.

---

90 남두성 궁수자리에 있는 국자 모양의 여섯 개의 별. 인간의 수명을 관장하는 별이라고 전해짐.
91 반도연 신선들이 하늘나라 연못에서 삼천 년 만에 한 번씩 복숭아를 먹으며 즐긴다는 잔치.
92 향온 멥쌀과 찹쌀을 쪄서 식힌 것에 보리와 녹두를 섞어 만든 누룩을 넣어 담근 술.

이때 강림도령(降臨道令)[93]이 모든 거지를 데리고 저잣거리로 다니며 양식을 구걸하고 있었는데, 홀연 채운이 동남쪽으로 가며 향기가 가득하였다. 강림이 치밀어 보고 한번 구름을 가리키니, 운문(雲門)이 열리며 한 미인이 땅에 떨어졌다. 우치가 크게 놀라 급히 좌우를 살펴보니 아무도 법술(法術)을 행하는 자 없거늘, 괴이히 여겨 다시 정씨를 구름 위에 태우려 했다. 그에 문득 한 거지 내달아 꾸짖어 가로되,

"필부 전우치는 들어라. 네 요술로 나라를 속이니 그 죄 크되 다만 착한 일 하는 방편을 행하므로 무사함을 얻었느니라. 그러나 이제 흉악한 심장으로 절개를 지키는 부인을 훼절(毀節)코자 하니, 어찌 명천(明天)이 그냥 두시리오. 이러므로 하늘이 나를 내리사 너 같은 요물을 없애게 하심이니라."

우치가 크게 화를 내어 보검을 빼어 치려 하였다. 그러나 그 칼이 변하여 큰 범이 되어 도리어 저를 해하려 하거늘, 우치가 몸을 피하고자 하더니 문득 발이 땅에 붙어 움직이지 못할지라. 급히 변신(變身)코자 하나 법술도 부릴 수 없었다. 놀

---

93 강림도령 무속에서 수명이 다한 사람을 저승으로 데려가는 염라대왕의 사신.

라서 그 아이를 보니 비록 의복은 남루하나 도법이 높은 줄 알고 몸을 굽히고 빌어 가로되,

"소생이 눈은 있으나 망울이 없어 선생을 몰라본 죄 만 번 죽어도 아깝지 않으나, 고당(高堂)에 늙으신 어머니가 계십니다. 또한 제가 도술을 쓴 것은 권세 잡고 가멸 있는 자들이 백성을 못살게 굴기로 부득이 나라를 속임이요, 또 정씨를 데려가려고 한 것은 병에 걸린 친구를 위함이라. 원컨대 선생은 죄를 사하시고 전술을 가르쳐 주소서."

강림도령이 말하여,

"그대가 이르지 아니해도 내 벌써 알고 있노라. 국운이 불행하여 그대 같은 요술이 세상에 작란하니 소당(所當)은 그대를 죽여 뒷날의 폐단을 없이 하겠으나 그대의 노모를 위하여 특별히 목숨을 살리노라. 이제 정씨를 데려다가 빨리 제집에 두어라. 병든 양가에게는 정씨 대신으로 할 사람이 있으니, 이는 일찍 부모를 여의고 의지할 곳 없이 외롭게 살았으나 마음이 어질고 성품이 유순할뿐더러 또한 성이 정씨요, 연기(年紀) 23세라. 만일 내 말을 어기면 그대의 몸이 큰 화를 면치 못하리라."

하였다.

우치가 사례하여 가로되,

"선생의 고성대명(高姓大名)[94]을 알고자 하옵니다."

기인이 답하되,

"나는 강림도령이라. 세상을 희롱코자 하여 거리로 빌어먹고 다니노라."

우치가 말하기를,

"선생의 가르치심을 삼가 받들겠나이다."

강림이 요술 내던 법을 풀어 주니, 우치는 백배사례하고 정씨를 구름에 싸 가지고 본집에 가 공중에서 그 시모를 불러 말했다.

"아까 옥경(玉京)에 올라가니 옥제 가로되, '정 선랑의 죄 아직 남았으니 도로 인간에 내보내어 여액(餘厄)[95]을 다 겪은 후 데려오라.' 하시매 도로 데려왔노라."

하고, 소매에서 향온을 내어 정씨의 입에다 넣으니 이윽고 깨어 정신을 차리거늘 시모가 정씨에게 선관의 하던 말을 이르

---

94 고성대명 남의 성과 이름을 높여 이르는 말.
95 여액 이미 당한 재앙 외에 남아 있는 재앙이나 액운.

고 신기히 여기었다.

차시, 우치가 강림도령에게 돌아와 그 여자 있는 곳을 물으니, 강림이 주머니에서 사람의 모습을 바꾸는 환약을 내어주며 그 집을 가리켰다. 우치가 하직하고 정씨를 찾아가니 그 집은 한 칸짜리 작은 초가집이요, 풍우(風雨)를 가리지 못하였다.

이에 들어가 보니 한 여자가 시름을 띠고 홀로 앉았거늘 우치가 나아가 달래 말하기를,

"낭자의 고단한 처지는 내 이미 알았거니와 이제 청춘이 삼칠(三七)[96]을 지낸 지 오래되어 취혼(娶婚)치 못하고 외로운 형상 가긍한지라. 내 낭자를 위하여 중매하리라."

하고 강림도령에게 받은 환약을 먹인 후 주문을 외우니 정 과부의 모양과 하나도 다르지 않게 되는지라. 우치가 가로되,

"양생이란 사람이 있는데 인물이 아름답고 가산도 부유하나 정 과부의 재색을 사모하여 병이 들었으니 낭자 한번 가이리이리하라."

---

96 삼칠 여기서는 '21세'를 의미한다.

하고 즉시 보를 씌워 구름을 타고 양생의 집에 이르니 우치가 거짓 정씨를 외당에 두고 내당에 들어가 양생을 보니 생이 물었다.

"정씨의 일이 어찌 된고?"

우치가 말하기를,

"정씨의 행실이 빙설(氷雪) 같기로 한마디도 못 하고 왔노라."

생이 말하되,

"이제는 속절없이 죽을 따름이로다."

하고 탄식함을 마지아니하니 이에 우치가 갖가지로 조롱하여 말했다.

"내 이제 가서 정씨보다 백배 나은 여자를 데려왔으니 보라."

하고 말하자 양생이 가로되,

"내 미인을 많이 보았으되 정씨 같은 상은 없나니 형은 농담 말라."

하였다.

우치가 가로되,

"내 어찌 희롱하리오. 지금 외당에 있으니 보라."

양생이 겨우 몸을 일으켜 외당에 나와 보니 정씨와 꼭 닮은 여인이로되, 그에 반가움을 측량치 못하였다.

우치가 말하여,

"내 마음과 힘을 다하여 낭자를 데려왔으니 가사(家事)를 선치(善治)하고 잘 살라."

하니 양생이 백배사례하였다. 우치는 양생과 이별하고 돌아갔다.

선시(先時)에 야계산(耶溪山) 중에 한 도사 있으니 도학이 높고 마음이 청정하여 세상 명리(名利)를 구치 아니했다. 다만 메마른 밭 다섯 이랑과 화원(花園) 10간으로 세월을 보내니 이곳 지상선(地上仙)[97]이라. 성호(姓號)는 서화담(徐花潭)이니 나이 55세에 얼굴이 연꽃 같고 두 눈은 가을철의 맑은 물 같고 정신은 높이 솟아 우뚝하였다. 우치가 서화담의 도학이 높음을 알고 찾아가니 화담이 맞아 가로되,

"내 한번 찾고자 하더니 누추한 집까지 왕림하시니 만행이

---

97 지상선 인간 세상에 살고 있는 신선.

로다."

우치와 화담이 이야기를 나누는데, 문득 보니 화담의 아우 용담(龍潭)이 들어왔다.

우치가 용담을 보니 얼굴 생김이 맑은 물과 같고 골격이 비상한지라. 용담이 우치더러 말하되,

"선생의 높은 술법을 한번 구경코자 합니다."

하고 구구히 간청하거늘, 우치가 한번 시험코자 하여 주문을 외우니 용담의 쓴 관이 변하여 쇠머리가 되었다. 용담이 노하여 자기도 주문을 외우니 우치의 관이 변하여 범의 머리가 되는지라. 우치가 또 주문을 외우니 용담의 관이 변하여 백룡(白龍)이 되어 공중에 올라 안개를 피웠다. 용담이 또 주문을 외우자 우치의 관이 변하여 청룡(靑龍)이 되어, 구름을 헤치고 안개를 발하여 쌍룡이 서로 싸워 청룡이 백룡을 이기지 못하고 동남으로 달아나거늘, 화담이 비로소 웃고,

"전 공이 내 집에 오셨는데 네 어찌 이렇듯 무례하냐?"

하고, 책상에 얹힌 연적을 공중에 던지니 연적이 변하여 한줄기 금빛이 되어 하늘에 퍼지니 양룡이 문득 본래의 관이 되어 땅에 떨어지는지라. 두 사람이 각각 거두어 쓰고, 우치가 화담

을 향하여 사례하고 구름을 타고 돌아왔다.

화담이 우치를 보내고 용담을 꾸짖어 말하되,

"너는 청룡을 내고 저는 백룡을 내니 청(靑)은 목(木)이요, 백(白)은 금(金)이니, 오행(五行)에 금극목(金克木)이라. 목이 어찌 금을 이기리오. 거기다 내 집에 온 손님인데 부질없이 해코자 하느뇨?"

용담이 겉으로는 사죄했으나 마음속으로는 우치를 미워하는 뜻이 있었다. 우치가 집에 돌아온 지 3일 만에 또 화담을 찾아가니 화담이 가로되,

"내가 그대에게 청할 말이 있는데 따르겠느냐?"

우치가,

"듣기를 원하나이다."

하자, 화담이 가로되,

"남해(南海) 중에 큰 산이 있으니 이름은 화산(華山)이요, 그 산중에 도인(道人)이 있으되 도호(道號)는 운수 선생(雲水先生)이라. 내 젊어서 글을 배웠더니, 그 선생이 여러 번 서신으로 물었으나 회답하는 편지를 못 하였더니, 전 공을 마침 만났으니 그대 한번 다녀옴이 어떠하뇨?"

우치가 허락하거늘 화담이 가로되,

"화산은 해중(海中)에 있는 산이라, 쉬이 다녀오지 못할까 하노라."

"소생이 비록 재주 없사오나 순식간에 다녀오리다."

우치가 말하니 화담이 믿지 아니하거늘, 우치가 마음속으로 자신을 업신여기는가 하여 노하여,

"생이 만일 못 다녀오면 죽을 때까지 결코 이 산 밖으로 나가지 않으리라."

"그렇다면 가려니와 행여 실수할까 하노라."

하며 화담이 말하고는 즉시 글을 써서 주거늘, 우치가 글을 받아 가지고 해동청(海東靑) 보라매가 되어 공중에 올라 화산으로 향했다. 바다 한가운데 이르렀는데 난데없는 그물이 앞을 가리었거늘, 우치가 높이 떠서 넘어가고자 하니 그물이 하늘에 닿았고, 아래로는 바다가 펼쳐져 있을 뿐, 갈 길이 없어 10여 일을 애쓰다가 할 수 없어 돌아왔다.

우치가 화담에게 말하기를,

"화산에 거의 다 가서 그물이 하늘에 닿아 갈 길이 없삽기로 모기가 되어 그물 틈으로 나가려 한즉 거미줄이 첩첩하여

나가지 못하고 왔나이다."

하자, 화담이 웃으며 말하기를,

"그리 큰소리치고 가더니 다녀오지 못하였으니, 이제 산문
(山門)을 나가지 못하리로다."

우치가 겁을 먹고 황급히 달아나려 했으나 화담이 벌써 알
고 있는지라. 우치가 몹시 급하게 해동청이 되어 달아나니 화
담이 수리 되어 따를새 우치가 다시 변하여 갈범[98]이 되어 뛰
어가니, 화담이 변하여 청사자(靑獅子) 되어 물어다 쓰러뜨리
고 가로되,

"네 여러 가지 술법을 가지고 반드시 옳은 일을 위하여 행
하니 기특하나, 사특(邪慝)함[99]은 마침내 정대함이 아니오. 재
주는 반드시 윗길이 있나니, 오래 일로써 세상에 다니면 필경
불측한 화를 입을 것이므로 일찍 광명한 세상에 돌아와 정대
한 도리를 강구함이 옳지 아니하뇨. 내 이제 태백산(太白山)[100]
에 대종신리(大宗神理)를 밝히려 하니 그대 또한 나를 좇음이

---

98 갈범 칡범. 몸에 칡덩굴 같은 줄무늬가 있는 범.
99 사특하다 요사스럽고 간특하다.
100 태백산 백두산의 이전 이름.

좋을까 하노라."

우치가 말하되,

"가르치시는 대로 하리이다."

그 후 우치는 집에 돌아와 약간 가사를 분별한 후, 화담을 모시고 태백산 비탈 밑에 청사를 얽고 임검(壬儉)으로부터 오는 큰 이치를 강구하여 보배로운 글을 많이 지어 석실(石室)에 감추니, 그 후일은 세상 사람이 알지 못한다.

훗날, 강원도 사는 양봉래라 하는 사람이 단군(檀君)의 성스러운 자취를 뵈오려 하여 태백산에 들어갔다가 화담과 우치 두 사람을 만났다고 하는데, 그때 두 사람이 이르기를,

"우리는 이리이리하여 이곳에 들어와 있거니와, 그대를 보니 말과 행동이 예사롭지 않고 속도 깊은 줄 알겠노라. 내 전할 것이 있노니 삼가 받들라."

하고, 비서(秘書)[101] 몇 권을 주었다. 양봉래가 받아 가지고 나와 정성으로 공부하여 오묘한 뜻을 통하고, 가만한 가운데 도통(道統)을 전하니, 한두 가지 드러나는 일이 있으나 세상이

---

101 비서 비밀스러운 책.

다만 신선의 도로 알고, 봉래 또한 밝은 빛이 드러날 때를 기다릴 뿐이었다. 그렇게 화담과 우치 두 사람이 태백산에서 도닦는 일만 세상에 전하였다.

스푼북은 마음부른 책을 만듭니다. 맛있게 읽자, 스푼북!

전우치전
도술의 귀재, 세상을 바꾸다

초판 1쇄 발행 2021년 4월 5일

작자 미상 | 김을호 옮김

ⓒ 김을호 2021

ISBN 979-11-6581-086-3 (43810)

발행처 주식회사 스푼북

발행인 박상희 | **총괄** 김남원 | **편집** 박지연 · 김선영 · 박양인

디자인 지현정 · 김광휘 | **마케팅** 손준연 · 한승혜

출판신고 2016년 11월 15일 제2017-000267호

주소 (03993) 서울시 마포구 월드컵북로 6길 88-7 ky21빌딩 2층

전화 02-6357-0050(편집) 02-6357-0051(마케팅)

팩스 02-6357-0052 | **전자우편** book@spoonbook.co.kr